CYNNWYS

CLWB PÊL-DROED
Y SAINT

Hyfforddwr

Cefnwr
(chwith)

Canolwr

Cefnwr
(dde)

Canolwr
(ôl)

Blaenwr

Gôl-geidwad

Catrin	Barri 'Bolgi'	Delyth Harris	Colin 'Coli'
Bowen	Williams		Flower
Tarlock	Llew ap Gwyn	Dic y Ficar	
Bhasin		(Richard Davies)	

AIL DI-AIL

Michael Coleman

Lluniau gan Nick Abadzis

Addasiad Dylan Williams

CYMDEITHAS LYFRAU CEREDIGION CYF

Cyhoeddwyd gan Gymdeithas Lyfrau Ceredigion Gyf.,
Ystafell B5, Y Coleg Diwinyddol Unedig, Stryd y Brenin,
Aberystwyth, Ceredigion SY23 2LT.
Argraffiad Cymraeg cyntaf: Ionawr 2003
Hawlfraint y testun Cymraeg: Cymdeithas Lyfrau Ceredigion Gyf. © 2003
Addasiad: Dylan Williams
Cedwir pob hawl.

ISBN 1-902416-69-4

Cyhoeddwyd dan gynllun comisiynu Cyngor Llyfrau Cymru.
Cydnabyddir cymorth adrannau Cyngor Llyfrau Cymru a
Phanel Golygyddol Llyfrau Lloerig:
Nia Gruffydd, Rhiannon Jones, Elizabeth Evans.

Cyhoeddwyd gyntaf ym Mhrydain yn 2000 gan Orchard Books,
96 Leonard Street, Llundain EC2A 4RH
Teitl gwreiddiol: *Suffering Substitutes!* yng nghyfres *Angels FC*
Hawlfraint y testun gwreiddiol © Michael Coleman 2000
Hawlfraint y lluniau © Nick Abadzis 2000
Y mae hawl Michael Coleman a Nick Abadzis i'w cydnabod fel
Awdur a Darlunydd y llyfr hwn wedi ei nodi ganddynt yn unol â'r
Copyright, Designs and Patents Act, 1988.
Argraffwyd gan Wasg Gomer, Llandysul SA44 4QL

CLWB
PÊL-DROED
Y SAINT

Eilydd

Canolwr
(cefn)

Blaenwr

Canolwr
(canol)

Canolwr
(dde)

Canolwr
(chwith)

Eilydd

Meic
Roberts

Jonjo
Rix

Lynwen
'Lwlw'
Lewis

Hywel
Powel

Ricky
King

Rhoda
O'Neill

Emlyn
Morris

1

Y Dyn Dur . . .

'Cŵŵ-îî! Em-lyn!'

Er mai yn araf y trodd Emlyn Morris ei ben roedd ei galon, o dan ei fest redeg las, yn rasio fel gwibiwr Olympaidd â'i shorts ar dân.

Roedd Nikki Sharpe, y pishin mwyaf pethma yn y clwb gymnasteg, yn cerdded tuag ato.

'N – elô, Hikki,' glafoeriodd Emlyn.

'Pardwn?'

Ymdrechodd Emlyn i reoli ei dafod. 'Y-y-y, lelô Sikki o'n i'n ei feddwl . . . Y-y-y nace ddim!

Nid dyna o'n i'n ei olygu.
Nikki! Ia, dyna o'n i'n ei
feddwl. Helô, Nikki!'

'Helô, Emlyn,'
murmurodd y ferch
y breuddwydiai Emlyn
amdani.

Roedd Nikki'n cario
clipfwrdd bychan, ac yn
ei dwylo gosgeiddig mwythai
bensel. Gan wthio'r cyfan
i ddwylo crynedig Emlyn
gofynnodd mewn llais fel mêl, 'Em-lyn, wnei di
fod y person cyntaf i fy noddi i? Plî-y-y-s?'

Neidiodd stumog Emlyn din-dros-ben – am yn
ôl. Llofnodi ei ffurflen nawdd? Byddai'n fodlon
cerdded trawst wedi'i orchuddio â chrwyn
banana pe bai *hi'n* gofyn iddo wneud hynny.
Cymerodd Emlyn y bensel a thorri ei enw'n
hyderus. Ond beth oedd e wedi'i lofnodi, tybed?
Edrychodd ar y pennawd ar ben y papur:

CERDDED RHAFF DYNN

Byddaf yn fodlon cerdded y rhaff dynn
i godi arian ar gyfer
Ffair Elusen Dinas!
Noddwch fi yn hael,
os gwelwch yn dda.

Llyncodd Emlyn ei boer. Faint allai ef ei fforddio? Oedd Nikki Sharpe gystal am gerdded y rhaff dynn ag oedd hi am droi ei goesau'n jeli?

'Pa mor . . . y-y-y . . . bell wyt ti'n debygol o gerdded ar y rhaff 'ma?'

'O, dim mwy na phedair neu bum metr. Dwi ddim yn dda iawn, a dweud y gwir. Mi fyddet *ti'n* llawer gwell. Dwi wedi dy weld di ar y trawst. Ti'n wych.'

'Fiolch yn dawr iawn,' byrlymodd Emlyn. 'Nace! Diolch yn fawr iawn, o'n ei feddwl.'

'Ti mor gadarn,' cŵodd Nikki. Plygodd a gwasgu cluniau Emlyn yn dyner. 'Dyna braf

fyddai cael coesau mor gryf â dy rai di –
y Dyn Dur . . .'

Y *Dyn Dur!*
Cytunodd Emlyn
i roi hanner can
ceiniog y metr iddi
cyn iddo lewygu o
lawenydd.

'Www, diolch
Emlyn.'

Ceisiodd Emlyn
sefyll mewn modd a oedd, fe obeithiai, yn edrych
yn gyhyrog. 'Dim problem. Unrhyw beth arall
y medra i ei wneud i ti?'

'Wel . . .' roedd amrannau
Nikki'n fflytran fel glöyn byw.
'Mi ddeudodd 'na dderyn
bach wrtha i dy fod ti'n
chwarae pêl-droed i'r Saint.
Allet ti ddim cael y tîm i gyd
i fy noddi i, allet ti?'

'Wrth gwrs. Dim problem. Gad y cyfan i mi.'
Hyd yn oed os bydd rhaid i mi dalu'r arian fy hun! meddyliodd Emlyn.

Ochneidiodd Nikki Sharpe. 'Dwi wrth fy modd efo pêl-droed, a dwi'n sicr dy fod ti'n wych am chwarae, 'ndwyt ti, Ems? Fel rwyt ti yn gymnasteg.'

Bu'n rhaid i Emlyn ddal ei dafod. Er yr hoffai gytuno â hi ynglŷn â phêl-droed, y gwir oedd nad oedd o'n chwaraewr da iawn. Roedd o'n llawer iawn gwell mewn gymnasteg. Gallai redeg ar hyd y trawst cul fel petai'n stryd lydan. Ond am chwarae pêl-droed? Wel . . .

Roedd pêl-droed yn wahanol. Roedd Emlyn yn caru'r gêm, yn caru popeth am fod yn rhan o sgwad y Saint, ond doedd o ddim yn chwaraewr da. Allai o ddim rhedeg yn gyflym iawn, allai o ddim taclo'n galed iawn, ac yn waeth na dim, allai o ddim rheoli cyfeiriad y bêl wrth ei chicio.

Dyna *ddylai* o ei ddweud wrth Nikki Sharpe. Ond wrth iddo syllu'n ddwfn i mewn i'w llygaid mawr, glas tywyll, allai o ddim gwneud iddo'i hun ddweud y gwir wrthi.

Yn lle hynny dywedodd, 'Y-y-y . . . dwi ddim yn ddrwg am chwarae pêl-droed . . .' *Sy'n wir*, meddyliodd Emlyn. *Weithiau dwi ddim yn ddrwg. Weithiau dwi'n ofnadwy!*

Ond doedd dim modd troi trwyn Nikki Sharpe. 'Paid â bod mor wylaidd, y Dyn Dur,' cŵodd unwaith eto. 'Dwi'n sicr mai ti ydi'r chwaraewr gorau sydd gan y Saint. Fetia i dy fod ti mewn dosbarth ar wahân i'r gweddill.'

'Wel,' atebodd Emlyn, 'alla i ddim dadlau efo hynny.'

Ac felly roedd hi hefyd. Tra chwaraeai gweddill y sgwad ar y cae, sefyll ar yr ystlys efo Ricky King, yr eilydd arall, wnâi Emlyn. Mewn dosbarth ar wahân yn wir!

'Waeth i ti gyfaddef ddim, Emlyn. Ti ydi chwaraewr gorau'r Saint, 'nde?'

'Wel,' atebodd Emlyn eirwir unwaith eto, 'does 'na'r un eilydd wedi dod ymlaen yn fy lle i.'

'Seren!' ochneidiodd Nikki. 'Ac yn seren o Ddyn Dur am gael gweddill y Saint i lofnodi'r ffurflen 'ma imi.'

Cymerodd Nikki law grynedig Emlyn yn ei llaw hi. 'Mi ddoi di i'r Ffair

Elusen ddydd Sadwrn, 'n gwnei di? Mi ddoi di i 'ngweld i'n cerdded y rhaff dynn, 'n gwnei di, Ems? Plî-y-y-ys.'

Nodiodd Emlyn yn frwd. 'Gwrth wrs. Terdded y daff rhynn sydd Dadwrn.'

Allai Emlyn ddim aros tan yr ymarfer nesaf er mwyn i bawb lofnodi ffurflen Nikki. Felly fe aeth â'r ffurflen gydag e i'r Clwb Ieuenctid ar y nos Sul yn Eglwys yr Holl Saint, lle roedd holl aelodau'r tîm yn aelodau.

'Ricky!' galwodd y funud y cerddodd i mewn trwy'r drws. 'Yr union berson i noddi cerdded ar raff dynn.'

'Wrth gwrs, Em-ddyn,' atebodd Ricky gan lofnodi'r ffurflen ar unwaith. 'Ers pryd wyt ti'n cerdded y rhaff dynn?'

Edrychodd Emlyn i lawr ar y ffurflen. Roedd Nikki wedi anghofio gosod ei henw arni. Roedd ar fin dweud hynny, pan ailfeddyliodd. Byddai'n haws cael rhai i lofnodi'r ffurflen os nad oedd rhaid iddo egluro mai ffurflen i ferch a godai groen gŵydd ar ei groen gŵydd oedd hon.

'Ers pryd dwi'n cerdded y rhaff dynn?' holodd. 'Y-y-y . . . ddim ers yn hir iawn.' Ac i ffwrdd ag ef ar ôl gweddill y tîm.

Roedd newydd gael y llofnod olaf ar ei ffurflen pan ddaeth Dic, hyfforddwr a rheolwr y Saint, i mewn i'r stafell yn llawn ffrwst.

'Pawb i wrando!' meddai. 'Mae gen i ychydig o wybodaeth am y gêm ddydd Sadwrn nesaf.'

Gwgodd Hywel Powel. 'Wyddwn i ddim bod gêm gynnon ni, Dic.'

'Doedd gynnon ni'r un,' atebodd Dic. 'Ond mae gynnon ni un rŵan. Dwi newydd gael galwad yn gwahodd y Saint i gymryd rhan mewn gêm gyfeillgar yn erbyn Regina Rovers.'

Edrychodd y chwaraewyr ar ei gilydd yn gyffrous. Fe wydden nhw bod Regina Rovers yn dîm da, ond doedden nhw erioed wedi wynebu ei gilydd o'r blaen.

'Hwyrach mai gêm gyfeillgar ydi hi ar bapur,' meddai Dic, 'ond maen nhw'n ei chymryd hi yn gwbl o ddifrif. Dwi'n deall eu bod nhw wedi gyrru ysbïwr i'n gêm ni yr wythnos ddiwethaf.'

Gwingodd Emlyn. Honno oedd y gêm pan gafodd o ei yrru 'mlaen ddeng munud cyn y diwedd pan oedd y Saint 4–0 ar y blaen. Pan chwythwyd y chwiban olaf, ddeng munud yn ddiweddarach, 4–3 oedd y sgôr ac roedd y Saint mewn stryffîg.

'Mi wn i bod hyn yn rybudd byr ar y naw,' meddai Dic, 'ond a ydi pawb ar gael ar gyfer y gêm?'

Edrychodd Emlyn o amgylch y stafell, ac am unwaith roedd yn falch o weld pob pen yn nodio. Golygai hynny na fyddai ei angen ef.

'Beth amdanat ti, Emlyn?' holodd Dic. 'Mae'n bosib y bydd rhaid i mi alw arnat ti.'

'Wel . . .' dechreuodd Emlyn a oedd, am y tro cyntaf erioed, yn teimlo bod rhaid iddo ddweud nad oedd ar gael i chwarae – ond nad oedd am gyfaddef pam! 'Wel, dwi ddim yn sicr, Dic. Dwi 'di rhyw hanner addo mynd i Ffair Elusen Dinas.'

Gwenodd Dic. 'Yna mi *wyt* ti ar gael, Emlyn. Yn Dinas y byddwn ni'n chwarae. Ein gêm ni yn erbyn Regina Rovers fydd un o'r prif atyniadau!'

Yn Ffair Elusen Dinas? Yn yr union ffair lle byddai Nikki Sharpe?

Wrth i'r newyddion suddo i'w ymennydd, suddodd ei galon yn ogystal. Byddai Nikki, a oedd wedi mopio ar bêl-droed, yn sicr o wylio'r gêm. A phan sylweddolai fod y Saint yn chwarae, doedd dim dwywaith na fyddai hi'n dod i chwilio amdano. A phan welai mai ef oedd eilydd y tîm ac yn bell iawn o fod yn seren . . . o-o-o!

Roedd y peth yn rhy erchyll i'w ystyried. Fe fyddai Nikki naill ai'n chwerthin ar ei ben neu'n dweud wrth bawb arall am yr hyn roedd o wedi'i frolio wrthi. Yna fe fydden *nhw'n* chwerthin ar ei ben hefyd! Doedd dim modd dianc o'r gornel hon. Nid yn unig yr oedd yn eilydd; fe gafodd ail yn ogystal.

Na, penderfynodd Emlyn. Doedd dim arall amdani; byddai'n rhaid iddo ddod o hyd i ffordd i gael ei gynnwys yn y tîm.

Y cwestiwn oedd – sut?

2

. . . Ynteu'r Dyn Banana?

Y ffordd amlwg i gael ei ddewis oedd chwarae'n wefreiddiol yn y sesiynau ymarfer. O wneud hynny, roedd siawns dda y byddai Dic yn ei ddewis ar gyfer y tîm ddydd Sadwrn yn erbyn Regina Rovers.

Felly Emlyn Morris go benderfynol roddodd ffurflen Nikki'n ôl iddi yn y gampfa nos Lun.

'O, diolch, Emlyn,' cŵodd Nikki unwaith eto. 'Ti ydi fy seren fach ddisglair i.'

. . . Ac roedd o hyd yn oed yn fwy penderfynol fyth pan aeth i ymarfer efo'r Saint nos Fawrth.

Ar ôl yr ymarferion cynhesu a'r sesiynau sgiliau, penelinodd ei ffordd rhwng Coli Flower a Jonjo Rix i ddechrau gêm ymarfer arferol y Saint.

'Hei, dal dy ddŵr, Ems,' cwynodd Coli. 'Fi 'di'r blaenwr, nid ti. Ti'n arfer chwarae . . . y-y-y . . . *ble* wyt ti'n arfer chwarae?'

'Ym mhobman,' atebodd Emlyn. 'A dyna'r broblem. Rhaid i mi ddarganfod fy safle naturiol. Dwi'n meddwl y gallwn i fod yn flaenwr greddfol.'

Roedd Coli'n rhy garedig i ddweud wrth Emlyn fod pawb arall yn gwybod nad oedd hyn yn debygol o fod o fewn milltir i'r gwir, felly lonciodd Coli yn ei ôl i gymryd safle yng nghanol y cae. Ychydig funudau'n ddiweddarach, pan dderbyniodd Coli bêl oddi wrth Rhoda O'Neill, llithrodd bàs berffaith trwodd at draed Emlyn a oedd yn loetran yn y cwrt cosbi. Roedd hwn, heb amheuaeth,yn gyfle euraid iddo sgorio.

'Ems! Anela am y gornel isaf!' gwaeddodd Coli'n garedig.

Cododd Emlyn ei ben i edrych ar y gôl, edrych i lawr ar y bêl, edrych i fyny at y gôl unwaith eto, dewis ei gornel – ac ergydio.

Wwwwhhhiiiissss!

Saethodd y bêl oddi ar ei esgid fel roced ond, yn anffodus, roced gwbl ddigyfeiriad oedd hi. Am chwarter eiliad, ar y dechrau'n deg, fe hedfanodd y bêl yn syth ond yna dechreuodd wyro oddi wrth y gôl . . . gwyro . . . a throi . . . nes taro polyn fflag y gornel allan o'r ddaear!

'Emlyn, achan!' meddai Jonjo'n hwyliog. 'Cornel y gôl, nid cornel y cae, oedd Coli'n ei olygu!'

Ochneidiodd Emlyn. Hwyrach nad yn y blaen roedd ei le o wedi'r cwbl. Canol y cae, hwyrach, yn tasgu pasys perffaith i bob cyfeiriad.

'OK, newidia efo fi, 'ta,' meddai wrth Coli. 'Mi fydda i yn y canol ac mi gei di fod yn flaenwr. A bydd yn barod am wasanaeth rhyfeddol!'

Daeth cyfle Emlyn pan enillodd Delyth Harris y bêl mewn tacl dda a'i chwipio i'w gyfeiriad. Gwelodd Emlyn ar unwaith bod gan Coli ddigon o le o'i gwmpas.

'Barod, Coli!' gwaeddodd Emlyn wrth waldio'r bêl i'w gyfeiriad. 'Dyma hi i ti!'

Ond unwaith eto, cyn gynted ag y cychwynnodd ar ei thaith, dechreuodd y bêl droi'n wyllt i'r dde . . . gwyro . . . a throi . . . a throi eto . . . nes iddi, y tro hwn, daro polyn fflag y llinell ganol o'r ddaear!

'Doedd honna mo'r bàs orau i hollti amddiffyn neb, Emlyn,' galwodd Delyth. 'Ond roedd hi'n un ardderchog i hollti polyn fflag!'

Lonciodd Emlyn i fyny ati. 'Hwyrach 'mod i'n fwy o amddiffynnwr. Beth am newid safle efo fi?'

Cytunodd Delyth. Ac yn ôl yr aeth Emlyn i galon yr amddiffynfa. Hawdd, meddyliodd. O weld fod pawb, ar wahân i Catrin Bowen, yn sefyll o'i flaen, teimlai y byddai'n rhaid i'w bàs waethaf, hyd yn oed, fynd yn agos at rywun!

Roedd yn anghywir. Roedd Emlyn wedi anghofio mai prif waith cefnwr yw taclo.

Y tro nesaf y daeth y bêl yn agos ato oedd pan sgubodd Llew ap Gwyn, a oedd yn chwarae i'r ochr arall, drwy'r canol a chael ei rwystro gan dacl galed Hywel Powel.

'Cicia hi allan!' galwodd Hywel, wrth i'r bêl sboncio'n rhydd.

'Fi pia hon!' gwaeddodd Emlyn.

Gan ruthro tuag at y bêl, ceisiodd roi blaen troed i'w chlirio – dim ond i weld, eto fyth, y bêl yn gwyro fel roced fanana tua'i gôl ei hun! Arbediad rhagorol gan Catrin Bowen oedd yr unig beth a'i rhwystrodd rhag glanio yng nghefn y rhwyd.

Syrthiodd Emlyn ar ei liniau mewn anobaith llwyr. Gwelai Dic ar yr ystlys yn sgrifennu rhywbeth yn ei lyfr nodiadau, ac roedd gan Emlyn syniad go lew beth oedd yn cael ei sgrifennu: *Paid BYTH â dewis Emlyn Morris, hyd yn oed os bydd rhaid i'r Saint ddechrau gêm â dim ond deg chwaraewr!*

Felly pan dynnodd Dic Emlyn i'r naill ochr ar ôl yr ymarfer a dweud, 'Emlyn, rwyt ti yn y tîm ar gyfer dydd Sadwrn,' allai Emlyn ddim credu yr hyn a glywai.

'B-B-Be ddeudsoch chi?'

'Dy fod ti yn y tîm ar gyfer y Sadwrn nesaf,' meddai Dic. 'Meic Roberts fydd ar y fainc.'

Ysgydwai Dic ei ben wrth iddo gerdded i ffwrdd gan fwmial dan ei wynt, 'Gyrru deiseb ata i? Gobeithio'u bod nhw'n gwybod beth maen nhw'n ei wneud . . .'

Deiseb? meddyliodd Emlyn. Am beth roedd

Dic yn mwydro? Ond roedd Emlyn yn rhy
hapus i boeni am y peth. *Roedd o yn y tîm!*

Taflodd Emlyn ei hun din-dros-ben.
Ddwywaith. Yna gwnaeth hop-sgip-a-naid cyn
taflu ei hun din-dros-ben eto ond gan ychwanegu
tri thro yn yr awyr cyn glanio'n berffaith. Roedd
o yn y tîm a byddai Nikki Sharpe yn cael ei weld
yn chwarae . . .

O, *na!* Roedd Emlyn newydd sylweddoli
rhywbeth. Byddai Nikki'n ei weld yn chwarae fel
y byddai'n chwarae fel arfer – yn anobeithiol!
Yn hollol a chwbl anobeithiol!

A byddai *hynny'n* codi mwy
o gywilydd arno na phe bai
hi'n dod i wybod mai
eilydd eilradd oedd o –
ac nid seren y Saint.

Ar ôl meddwl am
y peth, doedd arno ddim
eisiau bod yn y tîm wedi'r
cwbl!

3

Am ffair!

Doedd hwyliau Emlyn ddim yn dda o gwbl wrth iddo lusgo'i draed i mewn i Ffair Elusen Dinas am ddau o'r gloch brynhawn dydd Sadwrn. Bu'n pendroni'n galed am ddyddiau, ond roedd wedi dod i benderfyniad. Roedd am ddweud y gwir wrth Nikki Sharpe a chyfaddef nad oedd yn dda i affliw o ddim mewn pêl-droed.

Aeth i chwilio amdani. Sylwodd o ddim ar y dorf o'i gwmpas – nac ar Dic, a oedd wedi camu o'r tu ôl i goeden i'w ddilyn.

Newydd gyrraedd rhyw fath o stondin bêl-droed oedd Emlyn pan sylwodd ar Nikki'n brasgamu tuag ato.

'Cŵŵii! Em-lyn! Dwi 'di clywed bod y Saint yn chwarae'n y Ffair heddiw. O! dwi bron â marw eisiau gweld fy Ems-bach-i yn perfformio.'

Dyma'r cyfle roedd Emlyn wedi bod yn aros amdano. 'Y . . . gwranda, Nikki. 'Di ti damddeall cethau. Y . . . ti 'di camddeall pethau, o'n i'n 'i feddwl.'

'Camddeall beth?'

'Mai fi ydi seren y Saint.' Anadlodd Emlyn yn ddwfn, yna rhuthrodd y geiriau allan ohono yn un ffrwd. 'Dydw i ddim yn seren. A dweud y gwir, dwi'n anobeithiol. Yn ddiwerth. Yn gwbl ac yn hollol ddiwerth o anobeithiol.'

Ochneidiodd yn drwm ar ddiwedd ei ddatganiad, ac edrych i lawr ar ei draed. *Dyna ni. Roedd o wedi dweud y gwir wrthi.* Ond beth fyddai ymateb Nikki Sharpe, tybed? Roedd Emlyn yn hanner disgwyl sgrech o wylltineb, neu ochenaid o ddicter. Yn sicr, doedd o *ddim* yn disgwyl y tincial chwerthin a ddaeth oddi wrthi.

'O, Ems bach. Fedri di mo 'nhwyllo i. Anobeithiol, wir! Dim isio brolio dy hun wyt ti 'nde? Dwi'n gwybod yn iawn.'

Dim isio brolio! Dim isio brolio? Yna deallodd Emlyn beth oedd yn digwydd. *Doedd hi ddim yn ei gredu!*

'Ond dwi *yn* anobeithiol. Wir-yr! Fedra i ddim chwarae pêl-droed dros fy nghrogi!'

Sut gallai o ei hargyhoeddi? Daeth bloedd o'r stondin bêl-droed gyfagos – ac fe gafodd syniad.

'Rhowch gynnig arni! Ciciwch y bêl a lloriwch y gôli i ennill gwobr!'

Yn y stondin roedd gôl, a gôli pren yn sefyll o'i blaen. Y syniad oedd cymryd penalti mor syth ag oedd modd a tharo'r gôli i lawr. Ac fel y digwyddodd hi roedd Meic Roberts ar fin rhoi cynnig arni. Perffaith!

'Meic! Ga i fynd gyntaf?'

'Ar bob cyfri,' meddai Meic gan wenu a sefyll i'r naill ochr. 'Mi fydd hon yn sioe ynddi hi ei hun!'

Trodd Emlyn at Nikki, oedd yn edrych braidd yn ddryslyd. 'Bydd hyn yn profi i ti unwaith ac am byth y gallai mwnci efo coes bren wneud yn well na fi. Gei di weld: mi fetha i'r gôli 'na o filltir!'

Na, meddyliodd Emlyn wrth iddo baratoi

ar gyfer ei benalti. *Mi wna i'n sicr o hyn.*
Mi ddefnyddia i 'nhroed CHWITH *er mwyn i mi
fethu'r gôli 'na o* DDWY *filltir!*

Camodd yn ei ôl. Rhedodd yn ei flaen. Ciciodd
y bêl, a saethodd honno i ffwrdd fel roced . . .
mewn llinell syth . . . ac aros felly! Heb wyro
cymaint â chentimetr, tarodd y gôli pren gyda'r
fath rym fel y drabowndiodd y bêl fel pelen ddur
o fagnel a tharo Meic Roberts yn ei fol.

'Ooowwwffff!' ebychodd Meic a syrthio'n bentwr llipa ar y llawr.

Wrth i Dic ymddangos o rywle i roi cymorth cyntaf i ddriblwr gorau'r Saint, edrychai Nikki Sharpe mor hurt â Meic.

'Ffan . . . y . . . tastig, Ems! Mi *rwyt* ti'n seren, wedi'r cwbl. Dyna ddeudais i, yntê?'

Edrychodd Dic yn gam ar Nikki am eiliad cyn troi ei sylw unwaith eto at Meic druan. 'Dim gêm i ti heddiw, Meic,' meddai. 'Ddim hyd yn oed fel eilydd.'

Be wna i rŵan 'ta? meddyliodd Emlyn. Doedd Nikki dal ddim yn ei gredu a doedd dim modd i Meic Roberts gymryd ei le yn tîm. Sut gallai Emlyn beidio chwarae? *Dwi'n eilydd sydd wedi cael ail di-ail*, meddyliodd.

'Gobeithio bod Ricky yma,' meddai Dic. 'Fydd gynnon ni neb wrth gefn fel arall.'

Ricky! Dyna'r ateb! Byddai'n rhaid iddo ddod o hyd i Ricky a'i gael o i chwarae'n ei le. Roedd hynny'n golygu y câi Emlyn fod yn eilydd wedyn. Os digwyddai Nikki Sharpe ofyn pam, byddai'n rhaid iddo ddweud wrthi ei fod wedi brifo'i hun wrth faglu dros gandi-fflòs neu rywbeth.

'Wyt ti'n dod i edrych arna i'n cerdded y rhaff dynn?' holodd Nikki.

'Ydw, siŵr . . .' atebodd Emlyn, 'ond mae gen i rywbeth arall i'w wneud gyntaf. Mi ddo i ar dy ôl di wedyn.'

Gan adael i'r Nikki wglyd fynd ei ffordd ei hun, aeth Emlyn i chwilio am Ricky King.

Daeth Emlyn o hyd iddo chwarter awr yn ddiweddarach – neu'n hytrach, fe ddaeth Ricky o hyd i Emlyn.

'Em-ddyn!' meddai Ricky. 'Yr union foi sydd ei angen arna i.'

Roedd Ricky'n sefyll wrth stondin bêl-droed arall: Stondin Gôl Deircoes.

'Bydd yn bartner imi, Ems,' meddai Ricky cyn i Emlyn ddweud gair. 'Rhaid inni glymu'n coesau efo'i gilydd – fel mewn ras deircoes – yna driblo'r bêl i lawr y cae a'i chicio i'r gôl. Yr amser cyflymaf sy'n ennill y wobr.'

Edrychodd Emlyn arno'n anghrediniol.

'Ac mi rwyt ti isio i *mi*, Emlyn yr Eilydd Eilradd, fod yn bartner i ti?'

'Wrth gwrs 'mod i, ddyn. Ti'n dda mewn gymnasteg, 'ndwyt ti! Mae rhedeg mewn llinell syth a chadw dy gydbwysedd yn hawdd i ti.'

'Trueni na fyddai cicio pêl yn syth yr un mor hawdd i mi,' meddai Emlyn yn drist.

'Twt lol. Gad ti hynny i mi, ddyn. Canolbwyntia di ar redeg.'

Eiliadau'n ddiweddarach roedd Emlyn wedi rhoi ei arian i ddyn y stondin ac wedi clymu ei goes dde wrth goes chwith Ricky. Rhoddwyd pêl o'u blaenau, ac i ffwrdd â nhw!

'Dos amdani, Ems!' hwrjodd Ricky wrth i'r ddau wibio ar draws y cae mewn cytgord perffaith. 'Mae'r wobr 'na gynnon ni'n barod!'

Ymlaen â nhw at y cwrt cosbi, a'r bêl wrth droed dde Ricky.

'Saetha!' gwaeddodd Emlyn.

'Dwi'm yn gallu!' sgrechiodd Ricky. Roedd y bêl wedi taro twmpath yn y cae ac wedi bownsio draw at droed Emlyn. 'Cicia di hi!'

Chafodd Emlyn ddim amser i feddwl. Roedd y bêl o'i flaen ond roedd ei droed dde'n sownd wrth un chwith Ricky. Doedd dim dewis ganddo. Felly, am yr ail dro y diwrnod hwnnw, defnyddiodd Emlyn ei droed chwith . . . Ac am yr ail dro y diwrnod hwnnw ciciodd Emlyn ergyd gref a oedd yn syth fel saeth.

Mewn chwinciad chwannen taranodd y bêl i mewn i'r gôl, cael ei chwipio allan gan y rhwyd – a heb lol yn y byd bwrodd Ricky'n galed ar ei ben!

Er mawr syndod i Emlyn, roedd Dic wrth law
unwaith eto. Rhedodd draw i helpu Ricky druan,
ac ar ôl eiliad neu ddau dywedodd yr hyn yr
ofnai Emlyn ei glywed.

'Does dim gobaith i Ricky chwarae hedddiw
chwaith,' meddai Dic yn bryderus. 'Mi fydd
ganddo fo lwmp maint wy ar ei ben cyn bo hir.
Wy deinosor!'

'Mae hynna'n golygu . . .' dechreuodd Emlyn.

Nodiodd Dic ei ben. 'Ydi. Un chwaraewr ar ddeg yn unig sy gynnon ni. Mi fyddet ti wedi cael gêm beth bynnag.' Edrychodd Dic yn galed ar Emlyn. 'Doedd dim angen y ddeiseb 'na wedi'r cwbl.'

Deiseb? meddyliodd Emlyn yn ddryslyd. *Am beth oedd Dic yn sôn?*

Ond doedd ganddo ddim amser i holi mwy. A chan nad oedd neb arall ar gael i gymryd ei le yn y tîm, dim ond un peth oedd ar ôl i'w wneud.

Prysurodd Emlyn i gyfeiriad Her y Rhaff Dynn yn Ffair Elusen Dinas.

A dyna hefyd, er ei fod ychydig bach y tu ôl i Emlyn, a wnaeth Dic.

4

Ti 'di'r gorau!

Roedd Emlyn wedi dod i benderfyniad pwysig. Doedd o ddim am fod yn y tîm. Byddai nid yn unig yn gwneud ffŵl ohono'i hun o flaen Nikki, ond yn waeth fyth byddai'n gwneud drwg i'w dîm ei hun. Yn wir, roedd wedi dod i'r casgliad y byddai'r Saint yn well eu byd yn chwarae â deg chwaraewr.

A deg yn unig fyddai ar ôl pe bai e'n cael ei frifo! Wedi'r cwbl, llwyddodd i frifo Meic a Ricky, yn ddamweiniol, heb unrhyw drafferth yn y byd. Dylai fod yn hawdd iddo'i niweidio'i hun!

A pha ffordd well i wneud hynny na reit o flaen Nikki Sharpe?

'Cŵŵ-îî! Em-lyn!' cwafrodd llais y ferch ei hun wrth ei benelin wrth iddo sefyll o flaen Her y Rhaff Dynn. 'Fedrwn i ddim aros i ti gyrraedd, felly dwi 'di cael fy nhro i ar y rhaff. A dyfala beth ddigwyddodd . . .'

Ond doedd gan Emlyn ddim affliw o ddiddordeb mewn dyfalu. Roedd ei sylw ef wedi ei hoelio ar y rhaff denau, dynn. Perffaith. Deg metr o raff rhwng dau bostyn uchel. Dim ond syrthio oddi arni oedd raid ei wneud, ac fe fyddai ei gynllun wedi llwyddo.

A dyna pryd y gwelodd, er siom enfawr iddo, fod matiau sbwng trwchus wedi eu gosod o dan y rhaff i arbed pobl rhag brifo wrth iddyn nhw syrthio. Doedd hyn ddim yn deg! Pa obaith oedd ganddo i gael niwed go-iawn efo'r matiau yna o dan y rhaff?

Roedd Nikki'n dal i siarad pymtheg y dwsin wrth ei benelin. 'Paid â dyfalu 'ta,' meddai'n

biwis. 'Ond mi ddeuda i wrthat ti, beth bynnag!
Edrych!'

Pwyntiodd at bolyn fflag yn y ddaear, rhyw
chwe metr o fan dechrau'r rhaff. 'Fy marc i.
Fi sydd ar y blaen!'

'Ffantastig!' llefodd Emlyn.

'O! Ychydig o frwdfrydedd, o'r diwedd . . .'

Ond nid canmol perfformiad Nikki oedd Emlyn. Newydd feddwl am ffordd i ddatrys ei broblem ei hun oedd o. Erbyn gweld, fyddai dim rhaid iddo boeni am y matiau. Y cwbl oedd gofyn iddo'i wneud oedd cerdded ar y rhaff nes cyrraedd y polyn fflag miniog braf 'na – a neidio arno! Dylai twll yn ei droed fod yn ddigon i'w gadw oddi ar y cae pêl-droed!

Heb oedi dim, talodd i ddyn y stondin a dringo i fyny ar y llwyfan bach.

'Beth wyt ti'n ei wneud?' llefodd Nikki'n bryderus.

'Tyd i lawr ar unwaith! Mae gen ti gêm bêl-droed mewn dau funud!'

'Dydw i ddim *isio* chwarae!' gwaeddodd Emlyn yn ôl. 'Mi wneith y tîm yn well hebdda i!'

A chyda hynna o eiriau fe gerddodd allan ar y rhaff.

Teimlai Emlyn bod cerdded y rhaff, er ei bod yn deneuach ac yn ysgwyd mwy, yn ddigon tebyg i gerdded y trawst yn y gampfa. Ac unwaith y sefydlodd ei gydbwysedd drwy ymestyn ei freichiau, teimlai'n weddol gysurus.

Metr. Tair metr. Pum metr . . . Chwe metr . . . Gallai weld y polyn fflag yn ei wahodd i neidio arno . . .

'Dal ati! Ti 'di'r gorau hyd yn hyn!'

Gallai Emlyn fod wedi crio. Roedd dyn y stondin yn ei ddilyn a newydd dynnu'r polyn fflag o'r ddaear. Erbyn hyn doedd 'na ddim byd yno i Emlyn ei anafu ei hun arno!

. . . Heblaw am y ddaear yn y pen pellaf! Roedd y matiau

diogelwch yn gorffen yn y man lle clymwyd
y rhaff wrth y postyn. Os gallai Emlyn gerdded
ar hyd y rhaff, gallai neidio oddi ar y pen
a glanio ar damaid hyfryd o ddaear galed y tu
draw i'r matiau. Dylai hynny dorri ei ffêr
o leiaf!

Ymlaen ag ef. Wyth metr . . . Naw metr . . .
Deg metr . . . Pen y rhaff! Amser neidio!

'Paaaaaid!' sgrechiodd llais merch gerllaw.

'Iiiooowwwff!' ebychodd Emlyn wrth lanio –
ar fat meddal a chyffordus y llwyddodd Nikki
i'w wthio oddi tano mewn union bryd.

Roedd Emlyn yn gandryll. Ond dyna ni, roedd Nikki'n gandryll hefyd.

'Mi dorrest ti'n record i!' meddai'n flin gacwn.

'Wel, mi fethais i â thorri 'nghoes!' atebodd Emlyn.

'Dim ond am 'mod i wedi gwthio'r mat 'na i dy arbed di rhag ofn i ti fethu chwarae'r gêm!'

'Ond dydw i ddim *isio* chwarae'n y gêm! Dyna dwi wedi'i ddweud wrthat ti drosodd a throsodd – *dwi'n dda i ddim am chwarae pêl-droed*!'

Pefriodd llygaid Nikki fel talpiau o rew. 'Dwed rywbeth nad ydw i'n ei wybod,' meddai'n dawel.

'Beth?'

'Dwi'n gwbod yn iawn sut un wyt ti am chwarae pêl-droed,' meddai Nikki'n frathog. 'Mi welais i dy gêm ddiwethaf di. Y gêm lle doist ti 'mlaen am ddeng munud ar y diwedd. Y gêm lle roeddet ti'n fwy o help i'r tîm arall na dy dîm dy hun. Dyna roddodd y syniad i mi am ddeiseb i wneud yn gwbl sicr dy fod ti yn nhîm y Saint ar gyfer heddiw.'

Edrychai Emlyn yn hurt arni. 'Deiseb? Pa ddeiseb? A pham y byddet *ti* isio i mi chwarae, beth bynnag?'

'Am ei bod hi'n chwarae i Regina Rovers; dyna pam, Emlyn,' meddai llais cyfarwydd.

Edrychodd Nikki Sharpe ar Dic a chwerthin yn herfeiddiol. 'Digon gwir, ficar! A chan fod "Emlyn-yr-Eilydd-Eilradd" yn eich tîm dwy-a-dimai chi, mi wnawn ni ennill yn rhwydd!'

5

Emlyn ar yr ystlys

Ni wyddai Emlyn beth i'w feddwl na'i ddweud wrth iddo edrych ar Nikki'n troi ei chefn arnynt.

'Dwi ddim yn deall,' meddai'n drist.

'Hwyrach y bydd hwn yn dy helpu di,' meddai Dic gan estyn darn o bapur iddo'i ddarllen. 'Cafodd ei wthio trwy flwch llythyrau'r Mans cyn yr ymarfer dydd Mawrth.'

Ar y papur roedd holl aelodau tîm y Saint wedi torri

eu henwau. Ar ben y papur sgrifennwyd y geiriau
hyn:

Rydym ni, yr isod, yn teimlo y dylai
EMLYN MORRIS
fod yn y tîm fydd yn chwarae yn
erbyn Regina Rovers

Emlyn Morris

Felly, hon oedd y ddeiseb ddirgel y bu Dic yn sôn
cymaint amdani, meddyliodd Emlyn. *Y ddeiseb
yng nghynllun cyfrwys Nikki Sharpe!*

'Ro'n i'n meddwl ei bod hi'n un ddilys ar
y dechrau,' meddai Dic, 'dyna pam rois i ti yn
y tîm.'

'Ond deiseb ffug oedd hi,' ochneidiodd Emlyn.
'Gan bod angen llofnod pob un o'r Saint ar
Nikki ar gyfer y ffurflen ffug, mi wnaeth hi esgus
fy hoffi i er mwyn casglu'r holl enwau.'

'Ond mi wnaeth Nikki un camgymeriad
amlwg,' meddai Dic. 'Mi anghofiodd fod dy enw
di ar ddeiseb oedd yn gofyn i mi dy roi *di* yn y

tîm.' Roedd wyneb Dic yn ddifrifol. 'Yna neithiwr, pan edrychais i ar y papur yn fwy gofalus a gweld dy enw di ar y brig, mi sylweddolais i bod rhyw ddrwg yn y caws. Dyna pam yr ydw i wedi bod yn dy ddilyn di trwy'r prynhawn i weld a allwn i ddatrys y dirgelwch.'

'A dyna chi wedi llwyddo,' meddai Emlyn yn drist. Edrychodd i lawr ar ei draed. 'Roedd cynllun Nikki i 'nghael i chwarae yn un da, 'ndoedd? Mae hi yn llygad ei lle. Dwi *yn* anobeithiol. Mae hi'n iawn i ddweud mai fi ydi gelyn pennaf fy nhîm fy hun.'

Rhoddodd Dic ei fraich yn gysurlon am ysgwydd Emlyn. 'Dydw i ddim yn meddwl hynny o gwbl,' meddai. 'Nid o'r hyn welais i y pnawn 'ma. Mae gen ti ddoniau na wyddwn i ddim amdanyn nhw.'

'Doniau?' holodd Emlyn yn syn. 'Pa ddoniau? Beth ydyn nhw? Well i mi gael gwybod yn reit sydyn!'

Gwenodd Dic yn llydan. 'Mi fyddai'n well gen i dy fod ti'n eu darganfod nhw drosot dy hun, Emlyn. Ond dyma gliw iti. Rwyt ti'n chwarae ar yr asgell chwith heddiw.'

Asgell chwith? meddyliodd Emlyn wrth i'r gêm ddechrau. *Pa fath o gliw oedd hynna?*

Doedd gan Emlyn mo'r syniad lleiaf sut y dylai chwarae yn y safle hwnnw, felly pan wthiodd Rhoda O'Neill y bêl iddo ar ôl pum munud, trodd i mewn a cheisio taro pàs trwodd i Coli Flower. Ond, fel arfer, tasgodd y bêl oddi ar ei droed dde, gan blygu fel banana, a glanio wrth draed canolwr Regina Rovers. Diolch byth bod Llew ap Gwyn yno i'w daclo.

Funud neu ddau yn ddiweddarach, fe ddigwyddodd yr un peth yn union eto. Gwyrodd pàs, a oedd i fod i groesi llinell yr hanner, mewn modd mor eithafol fel mai prin llwyddo i'w dal wnaeth Catrin Bowen, gôl-geidwad y Saint, cyn i un o flaenwyr Regina Rovers ei chyrraedd.

'Da, was,' meddai Nikki Sharpe wrth redeg heibio. 'Mor chwithig ag arfer. Ti'n gwneud yn ardderchog – i ni!'

Roedd Emlyn ar fin gweiddi rhywbeth yn ôl pan safodd yn stond. Beth ddywedodd Nikki? *Mor chwithig ag arfer . . . Chwith? Chwith!*

Yn sydyn llifodd ei atgofion am y prynhawn yn ôl iddo. Ei benalti droed *chwith* a drybowndiodd oddi ar y gôli pren a waldio Meic Roberts nes ei fod yn dw-lali! Yr ergyd droed *chwith* a chwipiodd o'r rhwyd a lefelu Ricky King. Rhaid bod Dic wedi gweld y cyfan. Ai dyna'r rheswm pam y cafodd chwarae ar yr asgell chwith?

Roedd yn dal i feddwl am hyn pan chwaraeodd Tarlock Bhasin gliriad oddi wrth Catrin i lawr yr ystlys i Emlyn.

'Emlyn!' sgrechiodd Jonjo Rix, gan redeg i mewn i fwlch yn amddiffynfa Regina Rovers. 'Trawa hi!'

A dyna'n union a wnaeth Emlyn. Lladdodd y bêl â'i droed dde ac yna'i hergydio â'i droed chwith. Paaaw!

Ni wyrodd y bêl hyd yn oed hanner milimetr o'i llwybr, a glaniodd ar droed Jonjo. Y cwbl oedd gofyn i flaenwr y Saint ei wneud oedd ei tharo i gefn rhwyd Regina Rovers a rhoi'r Saint 1–0 ar y blaen.

'Lwc mwnci!' crechwenodd Nikki. 'Wnei di mo hynna eto!'

Ond fe wnaeth Emlyn hynna eto. Ac eto, ac eto. Ar draws y cae, i lawr yr asgell, rhai byr, rhai hir, ar y ddaear, yn yr awyr, o bob ongl posib. Roedd fel pe bai ei basys yn rhedeg ar rêls.

Roedd tymer Nikki'n dechrau codi. Yna, hanner ffordd trwy'r ail hanner, wrth i Emlyn wthio pàs berffaith arall heibio iddi, fe gollodd y ferch ei hamynedd. 'Dyna'i diwedd hi!' bygythiodd. 'Wnei di mo *hynna* eto!'

Chwarddodd Emlyn. 'Beth sy'n gwneud i ti feddwl y fath be . . . *Aaawwwooo!*'

Mewn tacl hwyr a mileinig, plannodd Nikki ei stŷds yn galed yn ffêr chwith Emlyn.

Wrth i'r dyfarnwr siarad yn chwyrn â hi am y fath chwarae, arllwysai Dic ddŵr oer dros ffêr ei seren newydd. Ar ôl munud neu ddau gallai Emlyn roi ei bwysau ar ei droed, ond pan geisiai gicio'r bêl saethai poen ffyrnig i fyny ei goes.

'Mi ddeudais i na fyddet ti'n gwneud *hynna* eto, 'ndo?' hisiodd Nikki fel cath.

'Wyt ti am ddod oddi ar y cae?' galwodd Dic.

Gwrthododd Emlyn, ond cyn bo hir dechreuodd amau a oedd wedi gwneud y penderfyniad cywir. Gan na allai ddefnyddio'i droed chwith, roedd o mor anobeithiol ag erioed.

Gwyrodd pàs a oedd i fod i gyrraedd Lwlw Lewis fel bwmerang dros ben Hywel Powel a glanio'n garedig wrth droed blaenwr Regina Rovers. Diolchodd hwnnw, a saethu'r bêl heibio Catrin Bowen yn y gôl. 1–1!

Aeth mwy o basys troed dde ar wasgar fel tân gwyllt â nam arnyn nhw. Roedd y peth yn erchyll. Bob tro y câi Emlyn y bêl, roedd y Saint yn colli tir.

Cyn bo hir roedd pob un o'r tîm yn ofni mentro yn eu blaen. Manteisiodd y Rovers ar eu cyfle, ac fe ymosodon nhw dro ar ôl tro, gan adael Emlyn druan fel adyn ar ei asgell chwith.

'Emlyn!' Roedd Dic yn cerdded tuag ato ac yn pwyntio i lawr yr ystlys. 'Emlyn! Trawst yn y gampfa ydi'r llinell wen yna. Deall?'

Doedd Emlyn ddim yn deall, ond fe nodiodd beth bynnag. 'Am ddeng munud olaf y gêm dwi isio i ti redeg i fyny ac i lawr y llinell. Paid â symud oddi arni o gwbl.'

Nodiodd Emlyn eto, yn benisel. Tybiai ei fod wedi deall tacteg ei hyfforddwr. Gan fod ei unig dalent wedi'i dinistrio, roedd Emlyn o'r farn bod Dic am ei gadw o ffordd pawb arall – nes i Dic ychwanegu, 'Ac aros am fy nghyfarwyddiadau i!'

Felly am y pum munud nesaf fe lonciodd Emlyn yn ofalus i fyny ac i lawr y llinell wen, fel pe bai dwnjwn y ddwy ochr iddi. Yn y cyfamser lansiodd Regina Rovers don ar ôl ton o ymosodiadau.

Yna, yn dilyn rhyng-gipiad meistraidd, torrodd Delyth Harris yn glir. Pàs sydyn yn ei blaen, a honno'n dod o hyd i Lynwen 'Lwlw' Lewis. Trodd Lwlw'n gain heibio'i marciwr a gwthio pêl ar ongl anodd i Jonjo Rix . . . a gafodd ei daclo'n drwm. Tasgodd y bêl yn rhydd a bownsio tua'r ystlys o flaen Emlyn.

'Dos, Ems! Dos!' gwaeddodd Dic. 'Ond cadwa ar y llinell.'

Gwibiodd Emlyn yn ei flaen gan gyrraedd y bêl cyn iddi groesi'r llinell. Gan wrando ar bob sill o gyfarwyddiadau Dic, dechreuodd ddriblo'r bêl i lawr yr asgell.

'Dal ati, Emlyn! Dal i fynd . . .'

Rhedodd Emlyn yn ei flaen. Roedd bron yn
gyfochrog â'r blwch cosbi. Beth oedd ym meddwl
Dic? Oedd o am ofyn iddo ddriblo'r bêl i lawr at
y gornel i wastraffu amser?

Ond roedd Dic yn dal i redeg wrth ei ymyl
ac yn gweiddi, 'Pan fydda i'n dweud "Saetha!",
dwi am i ti gicio'r bêl mor galed ag y medri di
efo dy droed dde at fflag y gornel. Aros . . .
Aros . . .'

Driblodd Emlyn ac aros, driblo ac aros – nes yn sydyn gwaeddodd Dic, 'Saetha!'

Mewn mellten o symudiad gwnaeth Emlyn yn union fel y dywedodd ei hyfforddwr wrtho. Cododd ei ben, gwelodd fflag y gornel, a chiciodd mor galed ag y medrai â'i droed dde.

Rocedodd y bêl oddi ar ei droed, ac ar unwaith dechreuodd wyro oddi wrth fflag y gornel . . .

a dal i droi a gwyro . . . a chodi . . . ar draws cwrt cosbi'r Rovers . . . dros ben eu gôl-geidwad . . . ac i gefn y rhwyd!

2–1 i'r Saint! A gôl i Emlyn!

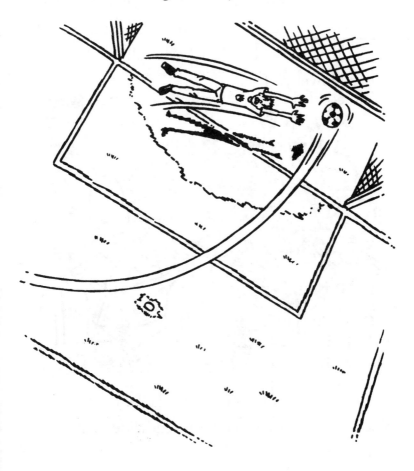

'Da iawn ti, Emlyn, yr eilydd di-ail!' meddai Dic gan wenu fel giât wrth glywed y chwiban olaf. 'Tair gwobr yn y ffair – a'r gôl fuddugol! Fel y dywedais i, Emlyn, mae gen ti bob math o ddoniau!'

'Siòt troed chwith sydd fel cic mul!' meddai Hywel Powel yn frwd.

'A chic banana ryfeddol o'r asgell chwith!' bloeddiodd Lwlw Lewis. 'Sut feddylioch chi am hynna, Dic?'

Gwenodd yr hyfforddwr. 'Hawdd. Bob tro y byddai Emlyn yn anelu am y gôl mi fyddai'n taro fflag y gornel. Felly, mi fentrais i ofyn iddo anelu am fflag y gornel – yn y gobaith y byddai'n taro'r gôl!'

'A dyna wnaeth o!' chwarddodd Jonjo Rix. 'Dwy ddawn newydd wedi'u darganfod mewn un diwrnod!'

'Ond un merch wedi'i cholli, yn ôl golwg pethau,' meddai Bolgi Williams gan bwyntio.

Roedd Nikki Sharpe a oedd, mae'n amlwg, mewn andros o dymer, wedi cornelu Emlyn ac yn dweud wrtho beth yn union oedd ar ei meddwl. Yna trodd ar ei sawdl a swalpio i ffwrdd yn ffroenuchel.

'Mi alwodd hi fi'n dwyllwr,' meddai Emlyn gan chwerthin. 'Mi ddeudodd hi mai esgus bod yn anobeithiol o'n i, a rhaid bod unrhyw un sy'n gallu creu shots banana fel fi yn gorfod bod yn hanner Brasiliad, o leiaf!'

'Felly dim mwy o freuddwydio am Nikki Sharpe,' meddai Bolgi. 'Wyt ti wedi torri dy galon?'

Gwenodd Emlyn yn llydan.

'Lwyddodd hi ddim i dorri 'nghalon,' meddai, 'ond bron iawn iddi lwyddo i dorri fy ffêr i. Ac i bêl-droediwr fel fi mae hynny'n llawer gwaeth!'